Publications mensuelles de l'Idée Libre. --- N° 63.

Doctoresse PELLETIER

SUPÉRIEUR !

Drame des Classes Sociales
EN CINQ ACTES

75 CENTIMES

Editions de L'IDÉE LIBRE
A. LORULOT, CONFLANS-HONORINE (S. ET O.)
1923

DU MEME AUTEUR :

Mon Voyage aventureux
en Russie Communiste

Un volume : 5,70 franco.

« In Anima Vili »
ou *Un Crime scientifique*

Pièce en 3 actes, 0,40 franco.

Supérieur !

Drame des classes sociales

EN CINQ ACTES

par la doctoresse Pelletier

SUPÉRIEUR !

ACTE PREMIER

FAMILLE

Une pauvre chambre d'ouvriers ; lit de fer, table, armoire de bois blanc. Au-dessus de la cheminée, un chromo, le portrait d'un Président de la République. Près de la fenêtre, le coin de l'intellectuel, petite bibliothèque accrochée au mur, bureau de bois blanc ; le portrait de Cauchy fixé à la muraille par quatre clous. Il fait nuit ; une lampe à pétrole, posée sur le petit bureau éclaire la pièce. Pierre Véron est plongé dans l'étude. Au lever du rideau, il relève la tête et pense tout haut.

PIERRE. — Oh ! m'en aller, m'en aller, fuir pour toujours ce milieu qui n'est pas le mien ; où on ne me comrpend pas, où on me méprise, où on me hait, je n'exagère pas. Comment ai-je pu naître ici? Car, enfin, je n'ai rien..., rien de commun avec eux ; c'est pour cela qu'ils aiment mon frère..., autant, du moins, que de telles gens peuvent aimer. Malgré mes supplications, ils m'ont retiré à treize ans de l'école, où j'avais les meilleures notes, et ils ne m'ont pas même fait apprendre un métier. Il a fallu que je rapporte de l'argent tout de suite ; ils m'ont mis coursier chez un commerçant. Maintenant, je suis, ou plutôt j'étais garçon de magasin. Je me sens un cerveau capable de tout apprendre et je passe ma journée à laver la boutique, à balayer, à faire les livraisons. On me donne des pourboires et j'ai une livrée, comme un domestique. Je ne suis pas, moi-même, Pierre Véron, je suis Jacquet et Révillion ; c'est écrit sur ma casquette. Et je ne suis même plus tout cela, puisqu'on m'a chassé. Qu'est-ce qu'ils vont dire, quand ils vont rentrer... Enfin, il n'y faut pas penser... Travaillons... J'oublie tout quand je travaille. (*Il se plonge dans ses livres.*)

Au bout d'une demi-minute, une clef tourne dans la serrure. Marie Véron entre. 40 ans, visage vulgaire, corsage de pilou, tablier en toile de sac. Elle a un paquet de linge mouillé qu'elle pose sur la table, et un seau avec un battoir qu'elle dépose à terre.

Mme VÉRON. — Tiens... C'est toi à c't' heur'? Qu'est-ce que tu fous?

PIERRE. — Je... Je suis rentré plus tôt..., parce que..., parce que le patron m'a renvoyé.

Mme VÉRON. — Quoi?... Qué qu' tu dis, foutu dehors... Ah bien! nous v'là propres, Il y a chômage partout et t'es capable de rester sur le pavé des mois. Surtout toi ; pas débrouillard pour deux sous, une vraie gourde. Il va falloir alors t'entretenir à ne rien fiche. Merci de l'occasion. Avec cela qu'il ne faut pas t'en promettre, à toi, de la boustifaille. Pour le turbin, t'en es pas, mais quand il s'agit de bafrer, tu ne donnes pas ta part aux autres, j' suis payée pour le savoir. Mais enfin, quelle *sonnerie* as-tu pu faire pour qu'on t'aie flanqué dehors?

PIERRE. — Il paraît que j'avais mal rangé les paquets. Le patron était de mauvaise humeur depuis le matin ; il criait après tous les employés. J'étais déjà énervé, il m'a traité d'idiot, alors, je n'ai pas pu me retenir, je lui ai donné un soufflet.

Mme VÉRON (*atterrée*). — T'as foutu une gifle au patron. Ah! bien ça... par exemple!!! En voilà bien d'une autre. (Méprisante.) C'est vrai, traiter *Monsieur* d'idiot, il aurait dû savoir à qui il parlait, le patron ; *Monsieur* est bien supérieur au patron, il est supérieur à nous ; à tout le monde. Il lit dans les livres et personne ne lui va à la cheville du pied. Traiter *Monsieur* (ironique) d'idiot! si c'est permis. Alors, Monsieur s'est mis hors de lui et il a..., non, c'est à ne pas y croire! Mais, espèce d'imbécile, qui c'est-y qui te donnera du pain, à présent... Ah! je sais bien, *Monsieur* a ses parents... Il compte sur nous. Le père, la mère, ils peuvent bien trimer pour nourrir *Monsieur*, pour que *Monsieur* puisse rester du matin au soir le nez dans ses bouquins ou à griffonner je ne sais quoi... Car *Monsieur* écrit... ses mémoires, sans doute. Il est sorti de la cuisse de Jupiter et s'il se trouve être le fils de Véron, c'est parce qu'on l'a changé en nourrice. Un jour, il retrouvera sa vraie famille, des rupins, comme dans *Les Deux Gosses*, au ciné... Non, non, non ; j'en ai plein le dos, de toi, tu sais. D'ailleurs, à dix-huit ans, un homme est un homme, il peut être à ses croûtes.

Le père Véron entre titubant. C'est samedi, il est ivre... voix pâteuse.

LE PÈRE VÉRON — Eh ben! quoi que c'est-y qu'il y a encore?

Mme VÉRON. — Ce qu'il y a? Demandes-y ce qu'il y a ; le patron vient de le sacquer. Monsieur ne doute de rien, il lui avait foutu une giffle.

LE PÈRE VÉRON. — Nom de Dieu! de nom de Dieu! de nom de Dieu! (*Il s'avance vers son fils, le poing tendu. Pierre se met sur la défensive.*)

Mme VÉRON. — Alors, le v'là sur le pavé, Monsieur le liseur, le voilà à notre charge encore une fois et pour combien de temps? Un pareil oiseau ne sait pas se grouiller plus qu'une bûche. Aussi, je le lui disais tout à l'heure ; j'en ai plein le dos de sa cuisine. Il a dix-huit ans, pas vrai ; eh bien! qu'il se mette à ses croûtes et qu'il foute le camp.

LE PÈRE VÉRON. — C'est ça, c'est ça, qu'il foute le camp. Fous le camp, bougre de saligaud, fous le camp et plus vite que ça, si tu ne veux pas que je t'assomme...

Mme VÉRON. — Allons, ouste. Ramasse tes frusques, les livres de Monsieur et démarre d'ici ; on t'a assez vu.

(*Pierre fait à la hâte un paquet de ses livres et de ses vêtements que la mère lui jette.*)

Mme VÉRON. — Tiens, une liquette, et racommodée ; t'en auras pas toujours de pareilles à te mettre.

(*Pierre se dispose à sortir, son baluchon à la main, le frère entre au même moment.*)

LOUIS VÉRON. (*Tenue de garçon épicier.*) — Quoi? qu'y a-t-il? (*A son frère.*) Tu pars?

Mme VÉRON. — Oui, nous le flanquons à la porte. *Monsieur* s'est fait chasser de sa place ; il s'est permis de gifler son patron. J'en ai assez, moi, de l'entretenir pour qu'il passe ses journées à lire et à écrire je ne sais quelles sornettes, tandis que sa mère trime au lavoir. Il a dix-huit ans, pas vrai ; à cet âge, j'étais à mon compte, et je ne suis qu'une femme.

LOUIS VÉRON (*s'effaçant pour laisser le champ libre à son frère et gouailleur.*) — Oh! *Monsieur Pierre* n'est pas fâché de nous quitter. Nous ne sommes pas de son milieu ; il nous l'a assez fait sentir. Cette maison est trop pauvre pour lui ; il lui faut un palais ; il l'aura. Tout ne lui est-il pas dû à lui, un intellectuel ?

(Pierre ne répond pas, il va pour franchir la porte ; son père, brutalement, le saisit au collet.)

LE PÈRE VÉRON. — Non, mais, des fois, tu ne vas pas foutre le camp comme cela... Et ta semaine? Aboules-la, car, enfin, on t'a nourri, que je pense.

PIERRE *(qui s'était contenu jusque-là, s'arrache des mains de son père et se retourne brusquement).* — Ah! non. C'en est trop, vous savez. Puisque c'est ainsi que vous comprenez la famille, eh bien! moi aussi. Vous me chassez, vous me jetez à la rue, sans savoir si je trouverai ou non à vivre. Il n'y a donc plus ni parent, ni enfant. Vous êtes un homme et j'en suis un autre. Vous n'aurez pas mon argent, venez le prendre, si vous l'osez. Bien que je ne sois qu'un intellectuel, je saurai me faire respecter ; avec mes poings, la seule chose que vous comprenez, tas de brutes. *(Il sort en claquant la porte.)*

Rideau

ACTE II

SEUL DANS LA VIE

Une mansarde du quartier Latin, matelas à terre avec couverture, pas de draps ; un bureau de bois blanc ; aux murs, planches avec livres, portraits de savants. Pierre travaille ; il a son pardessus et son chapeau ; il grelotte.)

PIERRE. — Qu'il fait froid ! Cette chambre est glacée et pas moyen de faire du feu, pas de cheminée, pas même un trou pour qu'on puisse mettre un poêle. J'ai bien, afin de faire provision de chaleur, fait en courant trois fois le tour du Panthéon. mais cela ne remplace pas une bonne grille ; je suis transi....

Cent francs par an, ce galetas ; et il ne faut pas songer à déménager, c'est même une chance d'avoir trouvé cela. Avec les quelques leçons que je donne, quand j'en ai, je me fais environ dans les quatre-vingt francs par mois. Tout ce que je sais, je l'ai appris seul, je n'ai pas pu passer seulement mon bachot. Sans diplôme, les gens ne m'acceptent qu'à cause du bon marché. Je suis professeur de mathématiques, de philosophie, d'allemand ; de tout ce qu'on veut, même de ce que je ne sais pas. On me paie quarante sous l'heure ; j'ai donné des leçons à vingt sous, les femmes de ménage gagnent plus que moi.... Il est vrai que je préfère encore la vie dans ce taudis glacé, à celle que j'avais là-bas.., dans ma famille... Au moins, ici, j'ai la paix... brrr ; il y a bien six degrés au-dessous dehors ; il gèle ici même, l'eau est glacée dans la cuvette... L'espoir..., non..., je n'ai même pas cela. Dans notre société, l'intelligence n'est rien, il n'y a que l'argent.

Faute d'argent, ma culture même est défectueuse. J'en sais autant qu'un professeur et moins qu'un bachelier. Je lis de bric et de broc, sans méthode, des quantités de choses ; je suis quelques cours publics. Il me faudrait une direction, quelqu'un qui s'intéresse à moi et me conseille, me donne le plan qui me manque. Ah! bien, oui. On est dans la vie comme dans le métro, tout le monde se bouscule, personne ne s'intéresse à personne... Je n'ai même pas pu trouver un camarade ; avec mes vêtements usés, mes souliers éculés, mon linge douteux, je fais peur à tout le monde... Enfin, je puis lire, c'est déjà cela. J'ai du temps libre, dans mon affreux cabinet, je suis chez moi..., et lorsque je me reporte deux ans en arrière, j'apprécie ce bonheur. (*On frappe à la porte.*)

PIERRE. — Qui diable peut frapper ainsi..., la concierge... oh! on ne me monte pas mes lettres, à moi, un locataire à vingt-cinq francs par terme... Entrez...

JACQUES SERRURIER (68 *ans, cheveux blancs ; tenue d'ouvrier endimanché.*)

— Bonsoir, voisin ; si c'était un effet de votre bonté d'entrer chez moi. Je suis un peu enrhumé, et je me suis fait un saladier de vin chaud. Alors, je me suis dit : « C'est tout de même pas gai de boire tout seul, je vais demander à ce jeune homme si cela ne lui déplairait pas de me tenir compagnie. »

PIERRE (*embarrassé*). — Je ne sais vraiment si je dois...

JACQUES. — Allons, ne faites pas de cérémonies avec moi, je vous offre de bon cœur... Et tenez, pour ne pas vous déranger, je vais l'apporter ici et j'apporterai aussi mon poêle à pétrole ; car, vous savez, moi, je suis vieux, il me faut de la chaleur.

Jacques sort, puis rentre, portant deux verres, un saladier fumant et un poêle à pétrole allumé, dont l'anse est passée à son bras.

Pierre débarrasse la table des livres et des papiers qu'il pose à terre. Jacques installe le saladier et les verres. Avec une louche, il puise le vin chaud et le verse. Les deux hommes s'assoient et boivent d'abord en silence.

PIERRE. — Que vous êtes bon, Monsieur, me voilà tout regaillardi. J'étais glacé dans cette chambre sans feu ; impossible de travailler, je m'endormais malgré moi.

JACQUES. — Mais non, je ne suis pas bon ; la bonté, cela n'existe pas, chacun ne fait que ce qui lui plaît. Je m'ennuyais tout seul. J'aime la lecture, moi, tout comme vous : mais je ne sais pas comment cela se fait : une fois que j'ai lu seulement une demi-heure, la tête me tourne. C'est que je ne suis pas un intellectuel, moi... malheureusement. Certes, j'aurais désiré être instruit, cela a été l'ambition de toute ma vie. Mais pas d'argent. A seize ans, j'étais orphelin, et il a fallu gagner ma vie. Comme je n'avais pas fini mon apprentissage, je me suis fait terrassier, et vous savez, quand on a manié la pelle pendant neuf ou dix heures, le livre le plus intéressant ne vous dit rien. On ne demande qu'une chose : dormir.

PIERRE. — C'est ce que je me suis dit, et c'est pour cela que j'ai abandonné ma profession, car vous savez que j'étais homme de peine, et que tout ce que je sais, je l'ai appris par moi-même. Je me sentais être une valeur. Avec le seul secours des livres, j'ai appris les mathématiques, où je suis assez fort. On dit que les mathématiques sont un don ; eh bien ! je crois que je l'ai. Alors, j'ai pensé que si je restais ouvrier, c'en serait fait de moi. Le travail de brute répété tous les jours, du matin au soir, aurait, en quelques années, raison de mon intelligence. J'ai préféré crever de faim en donnant des leçons... quand j'en trouve.

JACQUES (*grondant*). — Ah ! la société..., la sale société bourgeoise... Etre plein d'ardeur, plein d'intelligence ; avoir peut-être du génie, qui sait, et en être arrivé à crever dans ce taudis glacé. Tandis que des crétins, qui ne se sont donnés que la peine de sortir du ventre d'une femme riche, sont gorgés, au sein du confort et du luxe, d'une culture qui ne fait que les ennuyer... Vous êtes plein de courage, jeune homme ; malheureusement, je dois, dans votre intérêt, vous prévenir. J'ai l'expérience de la vie, acquise au prix des souffrances et de mes cheveux déjà tout blancs. C n'est pas impunément qu'on a faim et froid pendant des années. Vous avez beau être jeune et vigoureux, vous contracterez la tuberculose et vous mourrez... (Pierre semble n'être pas trop touché par cette éventualité de l'avenir.)

JACQUES. — Je sais que vous ne me croirez pas... La jeunesse, cela ne croit jamais... et cependant... (regardant Pierre dans le blanc des yeux). Voyons, jeune homme, pourquoi restez-vous ainsi, dans la passivité?... Votre misère, la croyez-vous l'effet du hasard, de la mauvaise chance?

PIERRE. — Mais oui, je vous ai dit...

JACQUES. — Vous m'avez dit que votre mère ne vous aimait pas..., la pauvre femme. Elle est comme une poule qui a couvé un œuf de cane, et qui voit, sidérée d'étonnement, son poussin courir à la mare voisine...

PIERRE. — Mais...

JACQUES. — Ce n'est pas la peine d'être aussi intelligent pour ne pas avoir trouvé la cause de vos souffrances. Votre père, votre mère n'y sont pour rien ; ils ne sont que les produits de leur milieu. C'est la société qui vous tue, entendez-vous?

PIERRE. — Bien sûr, le monde n'est pas ce qu'il devrait être. Que de riches jettent leur argent à des sottises, alors qu'il y a des gens comme moi qui pourraient se créer une vie heureuse et utile avec la millième partie de ce qu'ils dépensent à des insanités. Mais enfin, la société est ce qu'elle est ; que voulez-vous que j'y fasse...

JACQUES. — Par exemple !

PIERRE. — Mais oui, que voulez-vous que j'y fasse? Il n'est pas en mon pouvoir de la changer.

JACQUES. — Mais si...

PIERRE. — Je m'étais dit qu'à force de travail, j'arriverais à me créer une situation matérielle aisée à la faveur de laquelle je pourrais produire, si j'en suis capable. Des savants, des philosophes, des écrivains illustres sont partis, comme moi, de très bas. Gauss, le mathématicien ; Victor Cousin... On pourrait, en cherchant, en trouver bien d'autres...

JACQUES. — Des illusions, mon ami ; les illusions de la jeunesse que vous ne tarderez pas à perdre. On s'hypnotise devant quelques grands noms qui font sur les jeunes gens l'effet de miroirs aux alouettes.

PIERRE. — Cependant...

JACQUES. — Les hommes dont vous parlez sont comparables aux gagnants des loteries qui, avec un billet de vingt sous, décrochent le numéro qui les fait millionnaires.

PIERRE. — Oh !...

JACQUES. — Ces exceptionnels chanceux nous font perdre de vue les centaines, les milliers de jeunes intelligences étouffées dans l'œuf par la société féroce. Tous ceux qui sont morts à l'hôpital après des années de lutte et de misère, tous ceux dont la raison a sombré, tous ceux qui sont tombés dans l'abrutissement de l'alcool, tous ceux qui, las de la lutte, ont mis les pouces, acceptant un travail sordide qui les abêtit pour jamais.

PIERRE. — Il ne faut pas envisager ceux qui échouent, autrement, c'en serait fait du courage ; personne n'entreprendrait rien. Où d'autres ont réussi, pourquoi ne réussirai-je pas ? Je suis jeune, je suis fort : je puis supporter la misère pendant des années. J'y suis habitué à la misère, je suis vacciné contre elle, je n'ai jamais connu autre chose.

JACQUES. — Ne croyez pas, mon ami, que je veuille vous décourager. La vieillesse est pessimiste, je sais. C'est l'approche de la mort qui nous rend ainsi, nous autres vieillards qui voyons devant nous toutes les portes se fermer une à une, sauf celle du tombeau.

PIERRE. — Oh ! vous paraissez encore vigoureux...

JACQUES. — Ce Gauss dont vous me parliez, mon ami, il avait, si j'ai bonne mémoire, rencontré un grand seigneur qui s'était intéressé à lui. Victor Cousin aussi avait bénéficié d'une circonstance fortuite, une femme riche, je crois, qui a payé son éducation. C'est cela que vous cherchez?

PIERRE. — Non, mais...

JACQUES. — Mon pauvre enfant, autant espérer être un jour riche en trouvant une fortune dans un taxi. La société ne veut pas que vous arriviez, jeune homme, elle est organisée pour cela. Sciemment, elle veut que les jeunes énergies comme la vôtre soient brisées. Et elle vous brisera, mon ami, c'est moi qui vous le dis...

PIERRE. — Mais enfin, où voulez-vous en venir? Vous me paraissez un brave homme. Vous vous intéressez à mes souffrances, ce que jamais personne n'a fait ; vous semblez m'apprécier, vous m'apportez du vin, la chaleur de votre bon poêle. Pourquoi toutes ces paroles de découragement? Que me conseillez-vous de faire? Faut-il céder, me faire terrassier comme vous? Vous ne me paraissez cependant pas très satisfait de votre sort.

JACQUES. — Ce que je veux, c'est que vous sachiez la vraie cause de vos souffrances, alors que vous ne la voyez pas. Vous croyez à la fatalité, au malheureux hasard d'une naissance malchanceuse ; vous n'y êtes pas, mon ami.

PIERRE. — Comment?

JACQUES. — Vous n'y êtes pas du tout. Vous avez beau être intelligent : toutes les formules mathématiques dont vous vous êtes farci la cervelle, vous ont empêché de voir ce qui est. La société vous tue, je vous dis. Eh bien! la société, ce sont des hommes, une caste d'hommes: la bourgeoisie. Les bourgeois haïssent les jeunes gens comme vous, mon ami ; ils ne veulent des pauvres que dans l'esclavage. Vous cherchez à en sortir, ils vous tueront, je vous le dis.

PIERRE. — Mais que voulez-vous?...

JACQUES. — Etes-vous un homme, dites, ou un paquet de gélatine? Qu'est-ce qu'on fait quand un ennemi veut vous tuer et qu'on a un peu de sang dans les veines? Est-ce qu'on tend la gorge comme un mouton à l'abattoir, hein?

PIERRE. — Mais je ne comprends pas...

JACQUES. — Jeune homme, quand on a du tempérament, on ne se laisse pas tuer, on tue d'abord.

PIERRE (*étonné*). — Tuer, mais qui? Vous ne me proposez pas sérieusement d'anéantir avec une bombe la bourgeoisie tout entière... Je l'ai, la haine, plus que vous ne pouvez croire, mais comment la diriger? Je suis impuissant, je ne suis qu'un atome. Faut-il que dans un geste symbolique j'aille poignarder Richardot, le milliardaire? On en parlera, je sais ; au tribunal, je me défendrai bien, j'exposerai comment...

. Résultat: un feu de paille, on me coupera le cou et la société restera ce qu'elle est. (*Songeur.*) Je ne dis pas que je ne ferai pas cela... un jour... au lieu de me suicider bêtement, quand je serai tout à fait las de la lutte, quand je m'avouerai vaincu... définitivement... Mais avant je veux combattre encore... quelques années.

JACQUES. — Je savais bien, mon petit, que je ne m'étais pas trompé sur ton compte ; tu n'es pas de la matière dont on fait les cuistres. Il y a quelque chose là-dedans ; ça bouillonne, ça frémit, tu es quelqu'un, oui, je m'en doutais.

PIERRE. — Oh!...

JACQUES. — D'ailleurs, tu me l'as raconté, l'année dernière, tu as flanqué une gifle à ton patron... cela montre... oui... Je te gobe, mon petit ; vas ; tu peux compter sur l'amitié du vieux père Jacques. Tu es des nôtres, tu es anarchiste.

PIERRE. — Anarchiste? Oh non! vous vous trompez. Je suis jeune, c'est vrai, mais j'ai déjà pas mal lu et cela m'a rendu sceptique. Si je n'ai pas d'expérience propre, j'ai l'expérience des autres ; l'histoire... (*méprisant*). La politique, cela ne me dit rien...

JACQUES. — Vous ne savez pas...

PIERRE. — Oh! si, je sais...

Quelques hommes médiocres avec du bagout et de l'aplomb qui bernent les masses pour s'en faire un marchepied. Je pourrais bien m'y mettre, certainement, moi aussi, mais je ne réussirais pas, je suis un timide. D'ailleurs je ne sais dire que ce que je pense, je serais ridiculisé.

JACQUES. — Tu parles de ce que tu ne connais pas et mets dans la même boîte à ordures tous les partis. Tu as raison, cent fois raison pour les partis parlementaires. Les politiciens ne cherchent qu'à s'assurer un fromage, ils se foutent de l'idée, c'est entendu. Mais chez nous, c'est autre chose, nous n'avons pas de politiciens, nous ne faisons pas de députés. S'il n'y a que l'arrivisme qui t'arrête, tu peux sans crainte venir à nous.

PIERRE. — Ecoutez, vraiment, cela ne me dit rien. Je n'ai pas l'âme d'un valet, c'est vrai, et si cela suffit pour être anarchiste, peut-être le suis-je, en effet...

JACQUES. — Alors...

PIERRE. — Oui, mais aller m'embrigader, prendre des engagements avec des gens que je ne connais pas, qui, peut-être, me déplairont et à qui je déplairai. Je suis très heureux de vous connaître, mais laissez-moi à mes livres et à mon isolement. Je suis un timide, je vous le répète, malgré ma culture, dans ce milieu, je ferai l'effet d'un sot.

JACQUES. — Mais non, mais non, sauvage que vous êtes. Vous trouverez des gens qui vous apprécieront. Croyez-moi : lire, c'est bien ; mais voir des hommes, c'est encore mieux. Il n'y a pas que des intégrales au monde.

PIERRE. — Bien sûr, mais...

JACQUES. — Vous êtes seul, consacrez quelques heures, de temps en temps, à voir des gens... qui ne demandent qu'à vous accueillir. Au sujet de l'embrigadement, détrompez-vous. L'anarchie n'est pas une société secrète ; ce n'est même pas un parti au sens exact du terme, puisqu'il n'y a ni statuts, ni inscriptions. Je vous emmène et nous entrons là comme dans un café. Si les gens ne vous plaisent pas, vous n'y retournerez plus, voilà tout.

PIERRE. — Eh bien ! puisque je ne m'engage à rien, je veux bien...

JACQUES (*triomphant*). — Bravo... Il y a justement une réunion demain, je vous dis « toi », c'est permis à mon âge, et c'est l'effet de l'amitié que je sens pour toi, mon jeune ami...

PIERRE. — Je suis heureux de...

JACQUES. — Un anarchiste qui s'ignore ; et quel anarchiste : un grand cerveau, dont je ferai l'égal de Roidel. L'égal, que dis-je?

Roidel n'est qu'un enfant auprès de ce que tu seras, de ce que je ferai de toi (il lui met la main sur l'épaule). Car je serai ton maître en anarchie. Je me flatte, je sais bien, tu es vingt fois plus intelligent et plus instruit que moi.

PIERRE. — Oh!...

JACQUES. — Mais je t'apprendrai nos doctrines que tu ignores, et, bientôt, tu regarderas de haut le pauvre vieux père Jacques.

PIERRE. — Moi?...

JACQUES. — Cela ne me fera aucune peine, je n'ai pas d'amour-propre, ou, plutôt, je n'ai que l'amour-propre de mon œuvre... Qui sait? ce sera peut-être toi qui conduiras les masses à la révolution...

...Mais je bavarde, et il est temps d'aller me coucher. Il faut que je sois debout demain matin, à six heures... Bonsoir... Tu boiras le reste de vin, et garde le poêle ; j'ai une cheminée, j'y ferai du feu.

PIERRE. — Que de bontés!

JACQUES. — Mais non, encore une fois, je te répète que je ne suis pas bon... bonsoir... (il sort).

PIERRE (*seul*). — Je suis un anarchiste qui s'ignore... Il a peut-être raison... C'est tout de même bon, l'amitié..., une oasis dans le désert de la vie. C'est la première fois que j'ai ce bonheur... Allons, allons... assez de sentimentalité comme cela ; il n'est que dix heures, je puis travailler jusqu'à minuit, d'autant plus que, maintenant, il fait chaud. Ah! oui, c'est bon, l'amitié. (*Il se met à écrire.*)

Rideau

ACTE III

ANARCHISTE

Une grande salle, dépendance d'un café. Tables, avec verres remplis de café et de lait, chaises. Une cinquantaine de personnes de tout âge. Majorité d'ouvriers propres. Quelques jeunes gens aux cheveux longs, avec des livres. Un naturien en sandales, cheveux très longs et frisés, cinq ou six femmes ; une vieille, d'allure distinguée, ex-princesse russe ; les autres, jeunes, types d'employées de magasin.

Dans un coin, petite tribune, où parle un orateur.

ROIDEL (leader anarchiste) — ...Oui, camarades, je le sais, un certain nombre d'entre nous se sont laissé entraîner par les événements de Russie. Ils ont adhéré au nouveau parti Communiste ; il y a là un danger contre lequel il est grand temps de réagir. Un anarchiste ne doit pas, ne peut pas servir le bolchevisme.

Les bolchevistes ont institué l'Etat centralisé, et quel Etat : une dictature terrible avec une discipline de fer. On a fusillé des anarchistes à Moscou, par ordre de Trotsky ; l'armée rouge est tenue plus durement que les armées des Etats capitalistes ; on y prodigue la peine de mort. On ne saurait trop le répéter : un anarchiste est contre tous les Etats, contre toutes les armées, contre toutes les polices, qu'ils soient bourgeois ou socialistes. Pas de confusion, camarades, restons ce que nous sommes ! (Il descend de la tribune.) (*Applaudissements.*)

DUVAL (de sa place). — Restons ce que nous sommes et continuons à dormir, à faire notre propagande minuscule dont la masse se désintéresse. Quand, pour la première fois, dans un pays, le socialisme sort de l'idéologie pour passer à la réalité, je trouve que ce serait un crime de ne pas l'aider. Vous pensez que ce n'est rien d'avoir abattu la puissance capitaliste ; d'avoir établi un communisme, même imparfait ?

LE NATURIEN. — Oh ! toi, Duval, je ne sais pas ce que tu fais ici ; tu n'es qu'un révolutionnaire, tu n'es pas un anarchiste.

DUVAL. — Je suis aussi anarchiste que toi, seulement, cela ne me suffit pas de venir dans les réunions ; je veux agir.

(*Les militants se groupent autour des tables, on entend le brouhaha des conversations particulières, Jacques et Pierre font leur entrée ; ils vont, silencieusement, s'asseoir dans un coin.*)

RAYMOND (*jeune, longs cheveux ; type d'anarchiste intellectuel*). — Quel est donc ce grand mince qui vient toujours avec le père Jacques ?

PHILOSOPHE (*même type*). — C'est Pierre Véron, un type très calé, paraît-il. Le père Jacques dit qu'il y a en lui l'étoffe d'un mathématicien illustre. Seulement, je crois qu'il n'a même pas son bachot. Il crève de faim en donnant des leçons.

RAYMOND. — Il ne se remue pas beaucoup, ici ; je ne l'ai jamais vu à la tribune.

PHILOSOPHE. — C'est un timide ; le père Jacques, qui le couve littéralement, fait bien tout ce qu'il peut pour lui donner de l'aplomb ;

mais, jusqu'ici, rien à faire. Chez nous, c'est comme dans la vie ; il faut s'imposer soi-même ; autrement, personne ne fait attention à vous.

RAYMOND. — La timidité est parfois le fait d'une trop grande intelligence. Pour se faire comprendre, il faut se mettre au niveau des masses.

PHILOSOPHE. — C'est vrai...

RAYMOND. — Et puis, il peut avoir de la valeur comme mathématicien et ne pas être orateur. Ce n'est pas donné à tout le monde de parler en public. Il devrait plutôt tâcher d'arriver dans la science qu'il connaît ; chercher l'appui d'un professeur. On dit que Bigorneau, le professeur à l'Institut Universel, est un homme très serviable. Je suis allé à sa leçon d'ouverture, où, avant d'entrer dans son sujet, il dit des généralités. Il est très avancé, tu sais.

PHILOSOPHE. — Vraiment?

RAYMOND. — Toi, qui connais un peu ce Pierre Véron, parle-lui donc du professeur Bigorneau ; dis-lui qu'il aille le voir. *(Les deux jeunes gens se perdent dans la foule.)*

DUVAL, LE PÈRE JACQUES, PIERRE

DUVAL. — C'est à tort que l'on pense que les actes individuels ne servent à rien. Le meurtre d'un gouvernant, que la classe ouvrière déteste, peut, aujourd'hui, surtout que la Russie donne l'exemple, déclancher la révolution.

Es-tu partisan de la propagande par le fait ?

JACQUES. — Je l'ai toujours préconisée...

DUVAL. — Bien, mais... préconiser ne suffit pas. Et je trouve même une lâcheté à conseiller aux autres de risquer leur peau, alors qu'on se tient tranquille au coin de son feu. J'avais, un moment, eu l'idée de chercher des copains décidés pour fonder une organisation de combat. On aurait étudié les explosifs ; je sais un peu de chimie. Mais j'ai hésité ; chez nous, quand on organise quelque chose d'illégal, il y a toujours un mouchard au bout. On est pincé avant d'avoir rien fait d'utile.

JACQUES. — Ça, c'est vrai. J'ai peut-être fondé dans ma vie plus de dix organisations de combat ; toujours, des mouchards...

DUVAL. — C'est pourquoi l'action individuelle est la seule possible. Je veux abattre l'homme néfaste et j'ai confiance en toi ; en es-tu?

JACQUES. — Certainement que j'en suis !

DUVAL. — Alors, arrangeons l'affaire ; à trois, nous sommes assez ; moins on est, mieux cela vaut... *(Bas.)* Il sort tous les matins d'une maison de la rue Raynouard, à Passy ; je me suis informé ; c'est là qu'habite sa maîtresse. Vous faites le guet et me signalez l'homme : je m'avance vers lui et je tire, presque à bout portant.

PIERRE. — Pourquoi toi et pas moi? Je suis jeune et agile, je fuirai plus facilement.

JACQUES (*vivement*). — Non, pas toi. Tu as trop de valeur et ce serait un crime de jeter ta vie dans un acte où il ne faut que du courage. Ne soyons pas aussi stupides que la bourgeoisie, qui a envoyé le jeune Abelet, mathématicien du plus grand avenir, se faire démolir à la Marne. D'ailleurs, pas besoin d'être trois ; deux, c'est assez ; l'une donne le signal, l'autre agit... Ce devrait être à moi d'agir ; je suis un vieillard en voie de disparition ; mais ma main tremble un peu ; je craindrais de manquer mon coup... Viens chez moi, demain, Duval ; c'est dimanche, on aura tout le temps de causer ; ma concierge est dans la cour, elle ne te verra pas monter. Ici... ce n'est pas prudent, n'importe qui peut entrer. Dans des affaires pareilles, on n'est jamais trop circonspect (*ils s'éloignent en causant tout bas*).

BRETON ET LASSERRE

types de politiciens, grande lavallière noire

BRETON. — Comment trouves-tu mon discours d'hier?

LASSERRE. — Très bien, quant à la forme, tu as du talent, fichtre! Mais, pour le fond, je ne sais pas ce qui te prend ; mais tu la perds. Voyons, oublies-tu devant qui tu parles? Comment peux-tu soutenir que l'action parlementaire est un moyen de propagande?

BRETON. — Quel mal vois-tu, à cela?

LASSERRE. — Aucun mal en soi, c'est certain, mais tu parles comme un communiste. Si tu continues, tu te rendras impossible, ici.

BRETON. — Me rendre impossible. C'est justement ce que je veux.

LASSERRE. — Es-tu fou? Comment, tu veux qu'on te flanque à la porte?

BRETON. — Oui, parce que j'ai mon plan ; écoute un peu. Au prochain grand meeting, j'accentue encore ma tendance au parlementarisme. La salle crie ; on m'engueule.

LASSERRE. — Certes, et puis?

BRETON. — Je suis, en fait, exclu de la Fédération, puisque, chez nous, il n'y a pas de jugement. Notre canard *A Chacun selon ses Besoins*, me ferme ses colonnes...

LASSERRE. — Le beau résultat ! Enfin, continue...

BRETON. — Je fais une entrée retentissante au parti communiste, dans son grand quotidien *La Dictature du Prolétariat.* J'explique ma conduite, c'est facile ; l'anarchie, idéal trop lointain, la nécessité de réaliser, l'exemple de la Russie. Tu piges?

LASSERRE. — Ah ! oui, décidément, tu es un type épatant !

BRETON. — Me voilà, du coup, leader communiste, je n'ai pas à marquer le pas pendant des années dans une section.

LASSERRE. — Oh ! très bien, tu arriveras, c'est sûr !

BRETON. — L'anarchie, c'est comme l'université : elle fait arriver à tout..., à la condition d'en sortir. Dans quelques années, je serai député, qui sait? ministre? Il y a des exemples !

LASSERRE. — Tu me pousseras, alors, hein?

BRETON. — Bien sûr ; on est des copains, quoi ! Et puis, j'aurai besoin de toi, tu me seras utile.

LASSERRE. — Au fait, tu as raison ; la révolution, c'est très joli, mais, en attendant, il faut vivre.

BRETON. — Dame, on ne vit pas de discours ; surtout moi, qui me sens de grands besoins.

LASSERRE. — Vois le père Jacques, un vieux radoteur, mais pas bête, il s'en faut. Il s'est instruit lui-même, et sait des tas de choses. Avec cela, excellent orateur de réunions publiques, un remueur de foules. Eh bien ! voilà cinquante ans qu'il est dans le mouvement.

BRETON. — Cinquante ans !

LASSERRE. — A quoi cela lui a-t-il servi? Avec ses cheveux blancs, il faut encore qu'il manie la pelle, comme terrassier ; il n'est même pas secrétaire de son syndicat. Il habite une vieille maison de la rue Descartes, tout en haut, sous les toits, et quant à la révolution, elle a fait comme lui ; elle n'a pas avancé d'un iota !

BRETON. — C'est un naïf.

LASSERRE. — En effet, car une telle sincérité n'est que de la bêtise. S'il avait voulu, il serait député depuis de longues années. La masse, elle-même, le respecterait, alors qu'aujourd'hui, elle en fait peu de cas ; il n'est pour elle qu'un vieux bonhomme sans conséquence.

BRETON. — Bien sûr, la masse ne respecte que la force. Les ouvriers ont besoin de leur député à chaque instant pour toutes espèces de choses. Le père Jacques ne peut rien leur donner.

LASSERRE. — La classe ouvrière... elle aime à être trahie,

comme les femmes hystériques aiment à être battues !

BRETON. — Cela, c'est de l'exagération. Les ouvriers n'aiment pas à être trahis ; ils aiment celui qui est fort, voilà tout ; parce qu'ils sont égoïstes, et aussi parce que, trop peu cultivés, ils comprennent mal leurs intérêts généraux.

LASSERRE. — Ton plan est excellent, et je t'aiderai en cachette, car, moi, je ne veux pas quitter la Fédération. Oh ! si j'étais orateur, je ferais comme toi, mais les mots ne me viennent pas. Je ne puis parler plus de dix minutes, autrement, je bafouille, je dis le contraire de ce que je veux dire. Aussi, n'irai-je pas chez les communistes ; cela me ferait du tort, sans me servir à rien.

BRETON. — En effet...

LASSERRE. — Je tâcherai plutôt de me créer une situation dans les coopératives ; je suis assez bon administrateur.

BRETON. — C'est une idée...

LASSERRE. — Avec des copains, nous allons passer les quelques mois qui nous séparent des élections à tomber le bureau ; nous nous faisons élire. Les coopératives, ce n'est pas mauvais du tout, on peut parfaitement y faire son chemin (*ils s'éloignent en continuant de causer*).

Deux jeunes femmes. Marianne, 26 ans, allures d'employée de magasin. Léonie, 20 ans, mise très élégante, visage maquillé, cheveux teints, bijoux ; aspect de demi-mondaine.

MARIANNE. — Bonjour, Mademoiselle Léonie, camarade Léonie, plutôt. Vous revenez à nos réunions, c'est très bien. Roidel l'a encore dit tout à l'heure ; il faut que les femmes viennent à nous ; sans les femmes, la révolution ne peut pas se faire... Mais, qu'avez-vous donc, vous avez les larmes aux yeux ?

LÉONIE. — Oh ! Mademoiselle, Mademoiselle..., si vous saviez. (*Elle sanglote dans un mouchoir.*)

MARIANNE (*avec bonté*). — Tenez, asseyons-nous, nous serons mieux. Racontez-moi vos peines ; peut-être pourrai-je vous aider ?

LÉONIE (*secouant la tête*). — Non..., non ; vous ne pouvez rien. per... personne ne... ne... ne peut rien... pour moi... Je n'ai qu'à me jeter à l'eau, voilà tout !

MARIANNE. — Vous jeter à l'eau, comme vous y allez. On voit bien que vous êtes une nouvelle venue, autrement vous sauriez que le suicide n'est pas anarchiste, on ne se tue pas, on se révolte.. Mais dites-moi ce dont il s'agit, je suis sûre que vous vous exagérez le malheur de votre situation.

LÉONIE. — Oh! Mademoiselle, je n'exagère pas, non, malheureusement ; et quand je vous aurai dit mon cas, vous verrez que je suis absolument perdue.

MARIANNE. — Voyons, dites...

LÉONIE. — Voilà. J'étais vendeuse aux *Folies-Chiffon*. Je ne suis pas mal, ou, du moins, on le dit ; le patron m'a fait des propositions. Je n'ai pas cédé tout de suite ; pour cela, non. Mais, en réfléchissant, je pensais que c'était peut-être une chance qui m'arrivait.

MARIANNE. — Vous espériez le mariage?

LÉONIE. — Oh! non, il est trop riche ; il ne pouvait épouser une petite employée comme moi. Il ne m'en parlait d'ailleurs pas, mais je me disais que c'était un commencement. Il me promettait de me mettre dans mes meubles. J'avais un exemple tout près de moi. La belle Teindelys, dont on parle tant ; je la connais ; elle travaillait dans les fleurs. Maintenant, elle a un hôtel, avenue du Bois-de-Boulogne, auto, villa au bord de la mer...

MARIANNE. — Et vous vouliez suivre ses traces?

LÉONIE. — Je sais, ce n'est pas très bien, mais, que voulez-vous..., se marier... comme ma mère... Un homme qui vous colle un gosse par an et vous flanque des râclées quand il est saoul!

MARIANNE. — En effet, cela n'a rien de gai!

LÉONIE. — Enfin, bref, j'ai fini par céder. Il m'a loué un petit logement, m'a payé des meubles, il m'a aussi habillée et acheté les bijoux que vous voyez. Cela allait assez bien, malgré que c'était un homme brutal... Enfin, je ne travaillais plus ; j'étais contente... J'avais même une femme de ménage.

Au bout du mois, vous savez, rien... Je le lui dis. Il se met dans une colère terrible, prétend que ce n'est pas lui, que c'est impossible que cela soit lui! Il me fait une scène atroce, dit que, d'ailleurs, il n'est pas le premier, ce qui est odieux, Mademoiselle (*elle sanglotte*). J'étais sage avant de le connaître..., jamais je n'avais connu personne.

MARIANNE. — C'est toujours comme cela... Et après?

LÉONIE. — Après, il est parti, et voilà quinze jours que je ne l'ai pas vu. Il m'a lâchée, c'est certain, que voulez-vous que je fasse? Je n'ose retourner chez ma mère, car, dans quelques mois, cela se verra. Aucun magasin ne voudra de moi... Que faire? Que faire? (*Elle se tord les mains et sanglotte.*)

MARIANNE (*souriant*). — Et c'est tout? Vous vous désolez pour une pareille bêtise?

LÉONIE. — Une bêtise? Vous y allez bien, Mademoiselle ; si c'était à vous que le malheur soit arrivé, vous ne le prendriez pas aussi légèrement...

MARIANNE. — Vous l'aimez donc, votre patron?

LÉONIE. — Moi, l'aimer? Ah! pas le moins du monde ; si vous le connaissiez ; une vraie brute, et pas beau avec cela...

MARIANNE. — Alors, pourquoi tout ce chagrin d'être lâchée?

LÉONIE. — Vous ne me comprenez pas, Mademoiselle, ce n'est pas d'être lâchée qui m'a mise au désespoir. Mais c'est ma position..., compenez-vous?

MARIANNE. — Mais ce n'est rien!

LÉONIE. — Comment, rien!... si c'était vous, Mademoiselle...

MARIANNE. — Si c'était moi, je ne me suiciderais pas, certainement. J'ai vingt-six ans, et voilà dix ans que je pratique l'amour libre. Vous devez penser que, de temps à autre, il a dû m'arriver quelques accrocs.

LÉONIE. — Alors, vous avez déjà plusieurs enfants?

MARIANNE.— Des enfants! Que vous êtes godiche, ma pauvre petite! Je suis une militante sérieuse, moi ; or, une anarchiste n'a pas d'enfants, sachez cela. D'ailleurs, qu'en ferai-je de mes enfants? je gagne tout juste pour moi et je tiens à honneur de ne rien demander aux hommes, je ne suis pas une catin. Et puis, où les mettrai-je, dans ma chambre de quatre mètres carrés, au sixième au-dessus de l'entresol?

LÉONIE. — Je vois, Mademoiselle, qu'il y a quelque chose que je ne sais pas. Si vous pouvez me rendre service, faites-le, je vous en conjure!

MARIANNE. — Et dire que vous êtes une fille de Paris? Enfin, venez chez moi, ce soir, on causera, et vous verrez qu'il n'y a pas de quoi se jeter à l'eau!!

LE NATURIEN (*costume de Duncan, très longs cheveux frisés, sandales*). — La révolution, c'est de la blague! D'ailleurs, elle ne viendra jamais! Chacun peut la faire soi-même, sa révolution. On diminue ses besoins, comme cela, pas nécessaire de travailler huit à dix heures par jour, comme un esclave. Moi, je travaille une semaine par mois et encore. Je ne fume plus, je bois de l'eau et je suis végétarien. Pour mes chaussures, je me fous du cordonnier, un morceau de cuir, un bon tranchet et je me chausse moi-même, comme tu vois. Pour mon logement, je me fous du maçon : j'ai acheté vingt mètres de terrain à Montmorency et je me suis fait une cabane en planches. J'y couche par terre, sur une peau de mouton ; avec trois planches et des clous, je me suis fait une table ; de même pour un banc. L'anarchie, c'est ça !

LE COMMUNISTE. — Tu n'as, tout de même, pas le confort...

LE NATURIEN. — Le confort? une invention stupide de la civilisation. Je me demande à quoi peut bien te servir ton col empesé qui t'étrangle, ta cravate, ton pantalon qui te gênent. Et c'est pour avoir cela que tu travailles du matin au soir?

LE COMMUNISTE. — Tout de même, la civilisation, c'est une vérité ; l'erreur, c'est la division de la société en classes.

LE NATURIEN. — La civilisation, c'est une monstruosité. Seul, l'état de nature est sain. (*Ils s'éloignent en causant.*)

PHILOSOPHE, PIERRE

PHILOSOPHE. — Que tu es sauvage, Pierre ! Tu n'es pas seulement venu à moi, quand tu es arrivé avec ton inséparable père Jacques !

PIERRE. — Pardon, je suis myope ; je ne t'avais pas vu. Je ne suis pas sauvage ; je suis seulement timide ; le monde m'effraie. J'ai toujours peur de ne pas trouver le mot, de manquer d'à-propos et d'avoir l'air d'un imbécile. Ce doit être l'effet de la solitude qui est mon lot ordinaire ; qui l'était plus encore, autrefois, car, maintenant, j'ai Jacques, qui est pour moi un véritable père.

PHILOSOPHE. — Et que tu ne satisfais pas. Il était pour toi dévoré d'ambition, il nous disait que tu éclipserais Roidel.

PIERRE. — Oui, le père Jacques se proclame mon maître ; je suis un bien mauvais élève. La faute en est à mon invincible timidité.

PHILOSOPHE. — On tâche de la vaincre.

PIERRE. — Si encore je pouvais écrire mes discours et les lire ; mais ici, tout le monde se moquerait de moi. Je pourrais dire les meilleures choses, qu'on n'écouterait même pas. Dans nos milieux, instruire est secondaire ; avant tout, il faut exciter les sentiments : la pitié, l'admiration, la haine, l'indignation. Je dois manquer de quelque chose qui est indispensable. Le père Jacques, qui me force à discourir devant lui, me reproche toujours de n'avoir ni chaleur, ni mouvement.

PHILOSOPHE. — Tu ne hais donc pas la bourgeoisie? Tu acceptes ta situation d'intellectuel sans souliers, tu avales stoïquement ton pain et ton triangle de fromage ? Quand tu penses à la Révolution, tu ne vibres pas ; tu ne frissonnes pas jusqu'aux moelles? Tu n'as donc pas de tempérament?

PIERRE. — Je crois que si ; mais c'est un tempérament qui ne s'extériorise pas. Défaut d'habitude peut-être ; il faudrait que je me lance une bonne fois ; je tâcherai.

PHILOSOPHE. — Moi je crois que ton principal tort est d'être un homme de cabinet. Les ouvriers ont quelque raison de reprocher aux savants de ne pouvoir être des révolutionnaires. L'énergie est limitée ; j'ai lu cela quelque part.

Après tout, il n'est pas indispensable que tu sois un leader anarchiste. Dans les mathématiques, tu peux être utile ; seulement il faut trouver une situation, passer tes examens... Au fait, pourquoi ne vas-tu pas voir Bigorneau? On le dit très avancé et sans préjugés bourgeois. Peut-être qu'il remarquerait ton incontestable valeur ; il te prendrait comme secrétaire auprès de lui et tu ferais ton chemin?

PIERRE. — Oh! j'ai horreur de solliciter! D'ailleurs, à plusieurs reprises déjà, j'ai écrit à des savants connus. Je leur ai exposé ma situation, mes travaux. Ils n'ont même pas répondu à mes lettres. (*La salle se vide peu à peu.*) ...Si, il y en a un qui s'est montré tout de même poli ; il m'a envoyé sa carte ; il y avait son nom, tous ses titres et, au-dessous, à l'encre : « N'a besoin de personne ».

PHILOSOPHE. — Tous ces déboires viennent de ce que tu t'es contenté d'écrire. Les personnages connus reçoivent des quantités de lettres ; et quand ils ne connaissent pas leur correspondant, ils ne répondent pas. Faire une visite, c'est autre chose, Bigarneau te verra, tu feras impression sur lui. Vas-y, écoute-moi.

(*La salle s'est vidée tout à fait. Le garçon a éteint presque toutes les lumières. Du dehors, on entend la voix du père Jacques.*)

JACQUES. — Pierre, Pierre ; dépêche-toi donc. Tu sais qu'aujourd'hui je t'emmène au restaurant ; il est grand temps d'y aller, nous ne trouverons plus une place.

RIDEAU

ACTE IV

PAR LE CRIME

Un cabinet de travail très élégant ; meubles empire, livres, large bureau encombré de papiers. — Lacoste et Cabassou, élèves du professeur Bigorneau.

LACOSTE. — Il se fait vieux, le patron ; il commence à bafouiller à son cours ; il ne se rappelle plus les formules et doit tout le temps regarder ses notes. Quand on baisse comme cela, on devrait s'en aller, laisser la place aux autres.

CABASSOU. — Bien sûr, mais pas d'exemple qu'un patron démissionne lui-même de sa chaire. Voyez le vieux Ricouleau ; soixante-huit ans, on peut dire qu'il parle sous lui.

LACOSTE. — C'est vrai !

CABASSOU. — Eh bien ! il faut voir comme il se raccroche. Vous verrez qu'il claquera en faisant sa leçon. La retraite ne l'atteint pas il est de l'Institut ; il peut nous encombrer de sa nullité pendant six à sept ans encore.

LACOSTE. — C'est vraiment un abus, on devrait fixer la retraite à cinquante ans pour tous les professeurs de faculté, qu'ils soient ou non de l'Académie. A cinquante ans, un homme a déballé tout ce qu'il avait dans le ventre.

CABASSOU. — Oh ! certes oui !

LACOSTE. — Il faut bien, tout de même, que les jeunes puissent arriver. Tenez, moi ; voilà dix ans que je végète dans le sillage de Bigorneau, calculateur à cinq mille francs par an. Mon concierge, qui est balayeur de la Ville de Paris, touche six mille ; et voilà que j'ai trente-cinq ans. Je n'ai même pas pu me marier faute de situation ; je ne trouve que des filles sans dot.

CABASSOU. — A ce compte, mieux vaut le célibat.

LACOSTE. — On m'a proposé une institutrice, à moi ! Pourquoi ne pas épouser alors la fille de ma concierge ! !

CABASSOU. — Ah ! notre situation n'est pas brillante... Pour boucler mon budget, je dois donner des leçons, moi qui déteste enseigner. Dans une Faculté, c'est autre chose ; on dévide son cours et on s'en va ; tant pis pour ceux qui n'ont pas compris.

LACOSTE. — Vous aurez peut-être la chance que Bigorneau claque ; on le dit souffrant.

CABASSOU. — Souffrant? il nous enterrera tous. Il tousse un peu l'hiver, mais dès que la température s'élève, il remonte sur ses grands chevaux !

LACOSTE. — On pourrait peut-être faire créer une nouvelle chaire, Bigorneau obtiendrait cela du ministre. On ferait valoir l'augmentation du nombre des élèves ; la nécessité pour le professeur de pouvoir connaître les étudiants ; que sais-je? On dirait ce qu'il faut dire. On prétend que Bigorneau est influent?

CABASSOU. — Influent, il l'était avant la guerre. Il faisait montre d'opinions libérales ; en réalité, il a l'esprit très étroit, mais enfin, il est allé trop loin, ce qui fait qu'il n'a pas pu changer avec la politique.

LACOSTE. — Vraiment ?

CABASSOU. — Un professeur ne doit jamais s'écarter de sa spécialité. Bigorneau a voulu faire sa cour aux radicaux, il s'en mord bien les doigts aujourd'hui, car les cléricaux font la pluie et le beau temps au ministère. (*Le professeur fait son entrée en disant « bonjour », les deux élèves s'inclinent très bas devant lui.*)

LACOSTE ET CABASSOU. — Bonjour, illustre Maître !

CABASSOU. — Nous venons vous féliciter, illustre Maître, pour la magistrale leçon que vous avez faite ce matin. C'était vraiment splendide ! Toutes vos idées sont originales, nouvelles...

LACOSTE. — Elles portent l'empreinte de votre incontestable génie !

BIGORNEAU (*un peu gêné*). — Non ! vous exagérez ; le génie, vous savez, c'est un mot qu'on ne doit pas prodiguer. Je suis, cependant, content de cette leçon ; comment trouvez-vous ma réfutation des relativistes?

LACOSTE. — Admirable ! Ce Boche d'Einstein a été écrasé comme il convient !

BIGORNEAU. — Vraiment, je ne comprends pas que des Français puissent s'engouer de cette nouvelle théorie qui vient bouleverser tout notre édifice scientifique ! Comme si rien de bon pouvait venir d'Allemagne ! Le grand chimiste que nous venons de perdre l'a écrit ; toute la science est française. Les mathématiques, la physique, la chimie sont essentiellement françaises. Les Allemands ne sont que des plagiaires qui démarquent nos travaux et s'approprient nos découvertes. Soyez sûrs que tout ce qui vient d'Allemagne avait été déjà découvert, autrefois, par des Français. Sauf des insanités comme le principe de relativité, élucubration nuageuse d'un juif suisse, mâtiné d'Allemand...

CABASSOU. — Votre réfutation sera, j'espère, très appréciée en haut lieu. Vous savez, illustre Maître, qu'on vous considère comme un peu socialiste...

BIGORNEAU. — Moi, socialiste? Jamais de la vie! Certes, je n'étais pas systématiquement opposé à ce que l'on tente d'améliorer le sort du peuple. C'était l'effet de ma bonté naturelle. Mais la guerre m'a dessillé les yeux ; surtout la révolution russe. Le bolchevisme, quelle monstruosité! Songez donc qu'en Russie, la bourgeoisie n'est plus rien ; ce sont les va-nu-pieds qui sont au pouvoir! Que les Russes n'aient pas voulu de leur tsar, je l'accorde, la monarchie absolue est d'un autre âge. Mais ils pouvaient prendre modèle sur nous, nous sommes en République, et cela n'empêche pas la hiérarchie sociale d'être aussi solide que sous un roi. (*On frappe à la porte, Bigorneau crie d'entrer ; les deux élèves en profitent pour prendre congé ; révérences pleines de respect apparent.*)

LACOSTE. — A demain, illustre Maître!

BIGORNEAU. — A demain à l'Institut Universel.

BIGORNEAU, UN DOMESTIQUE

BIGORNEAU. — Qu'est-ce?

LE VALET DE CHAMBRE. — Un jeune homme, assez mal vêtu, qui veut absolument vous parler (*méprisant*). Je lui ai demandé sa carte, il n'en a seulement pas.

BIGORNEAU. — Encore quelque solliciteur! Enfin, je dois modérer mon impatience ; ma réputation de professeur libéral m'oblige à donner de bonnes paroles. (*Au valet*) : Introduisez.

(*Pierre fait son entrée. Bigorneau, d'un geste ennuyé, lui indique un siège.*)

BIGORNEAU. — Qu'est-ce qui vous amène chez moi, Monsieur?

PIERRE (*déjà décontenancé par la froideur de l'accueil*). — Ma démarche vous paraîtra bien hardie, monsieur le professeur. Je n'ai pas l'honneur d'être connu de vous, j'assiste seulement à vos cours ; vous ne m'avez certainement pas remarqué. En deux mots, je dois vous conter ma vie. Je suis fils d'ouvriers et je me suis instruit moi-même. Je crois avoir quelques dons pour les mathématiques. J'ai fait quelques travaux, je vous en apporte un sur le problème des trois corps, que je crois avoir résolu. (*Il tend un manuscrit que Bigorneau ne prend pas.*) Vous pourrez juger. Malheureusement, faute d'argent, je n'ai même pas pu passer le baccalauréat. Je vis de leçons qui me donnent à peine de quoi parer au strict nécessaire.

BIGORNEAU (*encore plus froid*). — Tout cela est très bien, Monsieur, mais je ne sais pas ce que je puis faire pour vous. Quant à votre manuscrit, vous savez, s'il me fallait lire toutes les productions des jeunes gens, mon temps n'y suffirait pas.

PIERRE (*glacé*). — J'avais... J'avais pensé qu'une... qu'une place de... de calculateur auprès de vous me donnerait le moyen...

BIGORNEAU (*bondit sur son fauteuil*). — Une place de... calculateur! pourquoi pas de professeur! Mais, d'où sortez-vous, jeune homme? Pensez-vous, par hasard, qu'on entre à l'Institut Universel comme dans un moulin? J'ai mon calculateur, voilà dix ans qu'il est chez moi ; je le connais depuis le lycée ; c'est un fils de mon meilleur ami...

...Comment pouvez-vous être assez ignorant de la vie pour entreprendre seul des études supérieures, et sans argent, encore! J'ai horreur des déclassés, moi, sachez-le ; chacun doit rester dans son milieu d'origine. Certes, je ne suis pas un obscurantiste, je suis pour qu'on donne au peuple une certaine culture, mais pas une culture qui puisse lui donner des ambitions, des ambitions qu'on ne réalise qu'avec de l'argent ; de l'argent, entendez-vous, jeune homme? (*Pierre est frémissant de colère contenue.*)

BIGORNEAU. — Vous êtes fils d'ouvriers ; travaillez comme ont travaillé vos parents. C'est dans le travail que vous trouverez le bonheur, la stabilité de la vie. Mariez-vous et faites beaucoup d'enfants ; la Patrie en a besoin ; voyez les Allemands comme ils sont prolifiques? En visant plus haut que votre condition, vous ne vous attirerez que des déboires... Tenez, je veux être bon pour vous. En somme, puisque vous suivez mon cours, vous êtes un peu mon élève... Je crois que Benzène, mon ami, le grand fabricant de produits chimiques, manque de garçon de laboratoire. Je vais lui téléphoner, restez là, je reviens dans un instant.

PIERRE (*frémissant*). — Ah! la société, la sale société! Rien à faire, il faut la détruire. C'est le père Jacques qui a raison! J'ai résolu un problème difficile et il ne veut même pas le voir... Mon intelligence, mon ardeur au travail ne comptent pour rien! Il veut m'enfermer de force dans ma classe de paria, comme dans un cercueil. Mais je ne suis pas un mort, sale bourgeois, tu le verras, et puisqu'il n'y a que l'argent qui compte, j'en aurai de l'argent, par n'importe quel moyen. (*Pierre a aperçu un poignard qui brille sur le bureau, il est fasciné par l'éclat de la lame.*)

(*La porte s'ouvre ; le valet de chambre annonce :* « La Banque », *un garçon de recettes paraît, un papier à la main.*)

PIERRE (*comme frappé d'une idée*). — Mais... l'argent..., le voilà. (*Il saisit le poignard et frappe le garçon de recettes en plein cœur ; l'homme tombe mort. Pierre lui arrache sa sacoche.*)

Cette scène n'a duré qu'un instant. Bigorneau entre en disant : « La place de garçon est libre ». *Il voit le cadavre et demeure pétrifié. Pierre bondit sur lui et le soufflette avec la sacoche qui est pleine du sang de la victime.*)

PIERRE. — Ah! ma valeur n'est rien! bourgeois dégoûtant! Il n'y a que l'argent qui compte ; eh bien! j'en ai de l'argent, maintenant. (*Il enjambe le cadavre et disparaît.*)

Rideau

ACTE V

VERS LA VIE

(*Le mur de la Santé, boulevard Arago ; arbres. Il est onze heures du soir. Le père Jacques se promène de long en large, un paquet sous le bras*).

JACQUES. — Condamnés à mort tous les deux... Ah! mon Pierre

s'est bien défendu. Pour la première fois, il a été éloquent ; on pleurait dans le public. Mais l'avocat général avait été terrible ; il a bien incarné la bourgeoisie. Entre elle et nous, c'est bien le duel à mort. Une brute criminelle aurait peut-être trouvé grâce, mais un révolté, jamais. C'est qu'avec seulement mille gaillards comme mon Pierre, il n'y en aurait pas pour longtemps de leur sale société... Oui, mais, mon Pierre, c'est l'exception radieuse, la fleur splendide poussée sur un tas de fumier.

....

« Duval n'avait pas tué et ils l'ont condamné à mort tout de même... J'ai quelque remords à laisser mourir Duval alors que je sauve Pierre. Les dévouements ne foisonnent pas, dans nos milieux.

....

...Mais je ne puis les sauver tous les deux...

....

...Duval est le classique martyr révolutionnaire. Tout le monde comprend son acte, et la classe ouvrière lui rend déjà un culte ; son portrait est partout ; il suscitera des vengeurs, on l'évoquera dans les réunions comme le modèle du dévouement à l'idée...

....

...L'acte de Pierre n'est pas compris des masses, il les dépasse de trop haut. La révolte de cette haute intelligence brisée par la bourgeoisie n'impressionne pas nos milieux.

...Et, par malheur, Pierre a tué un garçon de recettes (pur effet du hasard), il n'a vu que le sac d'argent, mais la foule ne veut voir que le prolétaire... C'est donc Duval qui doit mourir...

....

...Pierre doit vivre pour servir l'idée ; je l'envoie en Russie, où son grand esprit contribuera à édifier le monde nouveau (*il tire sa montre*). Onze heures et demie ; il ne vient pas. Cela n'aura pas réussi ; ah ! malheur. Mon plan était bien combiné, cependant. J'ai pu me procurer un flacon de cyanogène, ce gaz foudroyant. Au moment où le gardien pénétrait dans la cellule, il lui envoyait le gaz à la figure ; le gardien tombait sans un cri. Pierre changeait de vêtements avec lui et quittait la prison sous un prétexte... *(Il tire sa montre : onze heures trois quarts.)* Oh ! malheur ! malheur ! mon Pierre va mourir. Je sens que je ne lui survivrai pas ! *(Il sanglote.)* Ah ! des pas... *(Pierre accourt ; il est vêtu en gardien de prison.)*

PIERRE. — Oh ! mon sauveur ; mon père, mon père. *(Il se jette dans les bras du père Jacques.)*

JACQUES. — Pas de sentimentalité, on n'a pas le temps ; déshabille-toi vite ; si on venait.

PIERRE *(se déshabillant)*. — On ne viendra pas tout de suite. J'ai enfermé le gardien dans ma cellule, il est possible qu'on ne s'aperçoive de mon évasion que demain matin... J'espérais pouvoir ne faire qu'étourdir le gardien, mais je l'ai tué ; ce gaz est vraiment terrible.

JACQUES. — Oh ! tant pis, le métier a ses risques ; il n'avait qu'à faire autre chose. Les geôliers, les huissiers..., les mouchards, tous ceux qui vivent sur le malheur des autres ne sont pas intéressants !...

(Pierre est maintenant habillé avec les vêtements apportés par Jacques.)

JACQUES. — Tiens, mets ces lunettes et cette fausse barbe : et voilà un billet pour Berlin ; comme cela, tu n'as rien à demander à personne. Dans ce portefeuille, tu trouveras le passeport et les papiers d'identité ; tu t'appelles Charles Dalibard. N'oublie pas ton nom ; il y a aussi un peu d'argent.

PIERRE *(comptant l'argent)*. — Deux mille francs ; toutes vos économies ; oh ! non, c'est trop..., et vous ? *(Il lui tend un billet.)*

JACQUES *(repoussant sa main)*. — Ne fais pas de façons, tu n'as pas trop. Un vieillard comme moi n'a pas besoin de grand'chose... D'ailleurs, je puis encore travailler.

PIERRE. — Que de bontés ! *(Il l'embrasse.)*

310

JACQUES. — Tu m'assommes, à la fin, avec ta bonté ; je t'ai déjà dit, je ne sais combien de fois, que je ne suis pas bon. Allons, va-t'en, va-t'en, rester plus longtemps serait la suprême imprudence. Traverse l'Allemagne, c'est plus court : Berlin, Varsovie, Moscou.

PIERRE (*se sauvant*). — Adieu ! Adieu !

JACQUES. — Au revoir ! Reviens avec la Révolution !

Rideau.

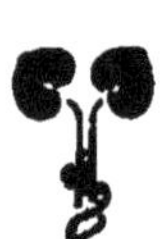

En vente à l'IDÉE LIBRE

(A. Lorulot, à Conflans Ste Honorine, Seine et Oise)

L'EDUCATION SEXUELLE (nouvelle édition, revue et augmentée) par *Jean Marestan.*

Ce volume, dont le tirage a dépassé 130 mille exemplaires, vient de reparaître, augmenté d'une centaine de pages avec des chapitres nouveaux tels que : « *Epousailles* », « *Mariage et Union Libre* », « *Le Dépeuplement probable des Grandes Nations civilisées* », etc.,

Prix du volume : 7 francs. Franco : 7 fr. 75.

L'éducation rationnelle de l'enfance, » 15

L'Amour libre, par Madeleine VERNET » 15

L'Initiation sexuelle. (Entretiens avec nos enfants) par G. BESSÈDE. 7 50

JULES HOCHE, Eros ou la Liberté sexuelle, relié, 5 00

Dr REYMOND : Physiologie et Evolution de l'Amour sexuel à travers les âges et les races, 7,50. franco 8 40

Dr VENETTE : Tableau de l'Amour conjugal, 7,50.

Dr CAUFEYNON, L'Amour chez les Animaux, 7 fr. 25 ; L'œuvre de chair et l'enfantement dans l'humanité, 7 fr. 25 ; Curiosités de l'hystérie, 7 fr. 25.

Dr SERGE PAUL : Traité pratique des maladies vénériennes, 7,50 : Physiologie de la vie sexuelle chez l'homme et la femme, 7,50 ; Histoire naturelle de l'homme, 7,50 ; Les maladies des femmes, 7. 50 : Histoire naturelle de la femme, 7. 50

Le Kama-Soutra, Règles de l'Amour hindou, 11 f

Vol. du **Dr JAF,** à 1, 90 franco 2 50 : 1. La Blennorrhagie ; 2. La Syphilis ; 3. L'Onanisme ; 4. La Masturbation ; 5. La Procréation ; 7. La Menstruation ; 8 Impuissance et Stérilité ; 9. La Perversion sexuelle ; 10. La Virginité ; 11. La Pédérastie ; 12. L'Hermaphrodisme ; 13. L'Hystérie ; 14. L'Hypnotisme ; 15. La Folie érotique ; 16. La Prostitution ; 17. Hygiène et Régénération

19. Les Morphinomanes ; 20. Le Mariage et son Hygiène.

6. L'Amour et l'accouplement. — Chaque vol. : 1.90 franco, 2.50.

Dr Genest, *Traité pratique des maladies vénériennes*, illustré, 8 fr. 25.

Dr Genest, *Traité pratique des maladies des femmes*, illustré, 8 fr. 25.

Dr Genest, *Les maladies du retour d'âge*, 8 fr. 25.

Dr Genest, *Traité pratique d'hygiène de la grossesse*, illustré, 8 fr. 25.

Dr Genest, *Comment prévenir et guérir les maladies des enfants*, 8 fr. 25.

Dr Forel, *La question sexuelle exposée aux adultes cultivés*, un fort volume 16 fr., franco	17 50
Dr Witkowski, *La Génération humaine*, (av. planches)	23 50
Brantôme, *Les Dames galantes*, un fort volume	4 50
Dr Bourgas, *Le droit à l'amour pour la femme*	4 00
Dr Mathé, *L'hygiène sexuelle à l'école*	4 00
Dr Bourgogne, *Conseils d'hygiène aux fiancés*	3 25
» *Le Mariage*	5 50
Dr Lacasse, *Hygiène de la grossesse*	5 50
L'art de conserver l'amour dans le mariage, Dr. Jaf,	7 50
Dr Jaf, *Mariage*, (Amour et Hygiène)	6 75
Dr Wolf, *Prévoyance et sécurité en amour*	6 75
Dr Hugon, *La stérilité chez la femme*	2 50
Dr Nicolaenkoff, *Une maladie sociale : la Syphilis*	2 25

Nos récentes éditions

NOTRE ENNEMIE : LA FEMME !

Conférence donnée à Paris, par André LORULOT

Une belle brochure : 1,15 franco.

Morale sexuelle Chrétienne ou Morale sexuelle Libertaire ?

Controverse Publique

entre **l'Abbé J. VIOLLET** et **A. LORULOT**

Une forte brochure, bien présentée. Prix : Un franc, 1,15 franco.

Meublez votre esprit en dévorant le très curieux roman social
CHEZ LES LOUPS
par ANDRÉ LORULOT
L'ouvrage, de lecture facile, passionnant de vie, contient assez de thèmes de méditation pour vous donner furieusement à penser pendant le reste de vos jours.
Sans tergiverser, sans attendre, commandez-le directement aux Editions de l'«Idée Libre», à Conflans-Honorine (S. & Oise) contre 6,50.
Vous vous en féliciterez.

www.ingramcontent.com/pod-product-compliance
Ingram Content Group UK Ltd.
Pitfield, Milton Keynes, MK11 3LW, UK
UKHW022139260726
13993UKWH00005B/2036